Le Jeu de Déshabillage

Collection de domination érotique

Erika Sanders

ERIKA SANDERS

Le Jeu de Déshabillage

Erika Sanders

Série
Collection de domination érotique

Synopsis

La protagoniste de cette histoire se rend à une fête avec des amis accompagnés de son petit ami Paul.

La fête continue comme n'importe quelle autre fête jusqu'à ce qu'elle découvre que plusieurs personnes entrent par une porte et n'en ressortent plus.

Surmontant sa curiosité, elle entre par la porte et découvre que la salle est pleine d'hommes et de femmes, riant sans arrêt, et regardant vers le centre de la pièce où un garçon a une boîte avec quelques cartes ...

Le Jeu de Déshabillage est une histoire avec un fort contenu BDSM érotique et, à son tour, appartenant également à la collection Erotic Domination, une série de romans à fort contenu BDSM romantique et érotique.

(Tous les personnages ont 18 ans ou plus)

Note sur l'auteure:

Erika Sanders est une écrivaine de renommée internationale, traduite dans plus de vingt langues, qui signe ses écrits les plus érotiques, loin de sa prose habituelle, de son nom de jeune fille.

Indice:

LE JEU DE DÉSHABILLAGE
ERIKA SANDERS

11

Paul et moi étions allés à une fête donnée par des amis à lui.

Il ne connaissait presque personne, mais ils semblaient être un joli groupe.

Paul s'est excusé et a commencé à parler à des coéquipiers qu'il n'avait pas vus depuis la fin de la course, donc je suis resté seul.

Je me suis versé de la sangria et j'ai commencé à boire calmement, cherchant quelqu'un que je connaissais.

Tout le monde était occupé à parler à quelqu'un et il ne voulait interrompre aucune conversation.

Soudain, j'ai vu deux personnes se faufiler par la porte au fond de la pièce.

Avant longtemps, trois autres personnes sont également entrées.

Puis un de plus.

C'était trop pour ma curiosité, alors j'ai décidé de voir ce qui se passait là-dedans.

J'ai ouvert la porte et j'ai vu un grand groupe de personnes regarder vers le centre de la pièce.

Je me suis tenu sur la pointe des pieds pour voir ce qu'ils regardaient et j'ai découvert un garçon d'une vingtaine d'années assis sur une table avec une boîte pleine de petites cartes à la main.

Les gens ont ri sans cesse et cela a piqué ma curiosité encore plus.

J'ai décidé de demander à quelqu'un de le découvrir.

J'ai tapoté une fille devant moi sur l'épaule.

"Hey désolé. Qu'est ce que tout ca? Ai-je demandé, élevant ma voix au-dessus du rire.

"Nous jouons" Oserez-vous? " »Il a répondu « Tu veux jouer?

"Je ne sais pas jouer" dis-je.

"Ce n'est pas grave, je vais vous l'expliquer tout de suite," s'exclama-t-il. Vous verrez comme c'est facile. Lorsque votre tour arrive, vous devez choisir une carte dans la boîte que porte le «modérateur» du jeu, qui est le garçon sur la table. Il y a un «défi» écrit sur la carte que vous devez relever. Si vous décidez de ne pas vous conformer, vous devez payer un engagement. Vous devez enlever quelques vêtements.

" Je comprends maintenant. C'est pour ça qu'il y en a un là-bas sans chemise » dis-je en désignant un homme qui riait. "

"Ça y est" répondit-elle "C'est que nous jouons depuis un moment. En plus de cela, il y en a d'autres qui ont déjà payé un engagement. Cette fille est déjà dans sa culotte et j'ai dû enlever mes chaussures. "

J'ai regardé ses pieds et j'ai vu qu'il disait la vérité.

J'ai souri, je l'ai remercié et j'ai quitté la pièce.

J'ai cherché Paul pour lui demander s'il voulait entrer et jouer avec moi.

"Non chérie" répondit-il "Tu vois si tu veux, je parle à des amis de l'université."

Je suis entré seul.

Ils m'ont dit que pour entrer dans le jeu, je devais d'abord en informer le modérateur.

Je l'ai fait et quand ce fut mon tour, j'ai sorti une carte.

"Avec un bandeau sur les yeux, embrasse trois membres du sexe opposé et devine qui est qui."

Ils ont choisi trois hommes et ils m'ont bandé les yeux.

Le premier semblait vouloir atteindre mes amygdales avec sa langue.

Le second utilisa moins sa langue, mais passa presque une minute à me frotter le cul en m'embrassant.

Le troisième a aussi beaucoup utilisé sa langue et non seulement frotté mon cul, mais aussi caressé mes seins.

Je les ai laissés faire parce que si j'avais arrêté l'un d'entre eux, ils m'auraient éliminé.

J'ai enlevé le bandeau et j'ai frappé les trois, un pour sa barbe et les deux autres pour sa taille.

Quand ce fut à nouveau mon tour, il y avait déjà une femme en soutien-gorge et culotte, et un homme en slip.

J'ai sorti une nouvelle carte.

"Vous devrez montrer vos sous-vêtements à celui qui peut correspondre à sa couleur. Trois personnes peuvent tester."

Quelle malchance! Elle portait un porte-jarretelles et une culotte noire assortie.

Quelqu'un penserait sûrement à dire cette couleur.

Mais le pire était que la culotte était transparente et que je pouvais tout voir à travers.

Pourquoi n'aurais-je pas porté la culotte marron?

Ils ont choisi trois autres hommes.

Le premier a dit qu'il ne portait rien.

J'ai ri et lui ai dit qu'il avait échoué.

Le second a dit que c'était noir.

Bingo! Vous avez bien compris!

Je lui ai dit de se retourner et j'ai soulevé ma robe pour que lui seul puisse la voir.

En me voyant, il siffla avec gratitude.

Le modérateur du jeu a dit que depuis que j'avais perdu je devais enlever un vêtement.

D'un geste sensuel j'ai mis mes mains sous ma jupe, baissé ma culotte et l'ai accrochée sur le cintre avec le reste des vêtements que les autres avaient déjà enlevés.

Lors du quart suivant, deux hommes ont perdu leur pantalon et une femme leur soutien-gorge, et deux personnes ont quitté le match avec seulement dix personnes à gauche.

La femme aux seins nus a rappelé au groupe que je n'avais pas fait le même nombre de tests que le reste des personnes et m'a suggéré de faire deux tests supplémentaires pour me mettre au même niveau que les autres.

Les gens ont ignoré mes protestations et ont rapidement voté pour me donner deux tests supplémentaires consécutifs.

J'ai sorti la première carte.

"Enlevez votre soutien-gorge sans ouvrir de boutons sur votre robe ou votre chemisier."

Au fur et à mesure que mon soutien-gorge s'ouvrait devant, je l'ouvris sans aucun problème et passai un côté sous chacun de mes bras.

Pendant ce temps, tout le monde me regardait et j'ai entendu des gens dire que tout était transparent pour moi.

Le modérateur a déclaré que l'une des règles du jeu interdisait de porter à nouveau un vêtement.

J'ai sorti une nouvelle carte.

"Choisissez trois personnes du même sexe avec le jeu de paille. French Kiss one qui dure au moins une minute."

J'ai cassé trois allumettes, les ai mélangées avec quelques autres et les ai distribuées pour que chaque femme puisse en choisir une.

Celui qui a obtenu l'un des trois matchs brisés aurait un prix.

Joanna, une jeune fille rousse d'une vingtaine d'années, au corps aux courbes parfaites et un peu plus courte que moi, a été la première à en sortir une.

Il a ri et a dit qu'il avait toujours été bon à ce match.

Il m'a fait m'asseoir sur ses genoux et le modérateur m'a rappelé que si j'interrompais le baiser, je perdrais le défi.

Joanna a commencé à m'embrasser avec une grande détermination et, sachant que je n'avais rien sous mes vêtements, elle a d'abord caressé mes seins puis elle a glissé une main sous ma jupe, la laissant juste au-dessus de mon pubis, jouant avec mon clitoris.

J'ai enduré le baiser, mais je n'ai pas pu continuer à m'asseoir avec ces mains expérimentées sur mon clitoris.

Expertement, il m'a fait atteindre un orgasme, pendant que je me tortillais sur ses genoux.

Quand j'ai interrompu le baiser, le groupe a applaudi et j'ai vu que six minutes s'étaient écoulées.

Joanna a toujours gardé sa main sur ma chatte palpitante pendant un moment, puis je me suis levée.

Cependant, il n'a cessé de le presser jusqu'à ce que je me sois éloigné de quelques pas.

Ma respiration était rapide et j'ai commencé à attendre que mon tour revienne.

Un homme a perdu son caleçon révélant une bite épaisse et dure.

Une deuxième femme a perdu son soutien-gorge.

La femme qui n'avait plus de soutien-gorge a perdu sa jupe, ne laissant rien.

Je me demandais ce qui se passerait s'ils perdaient à nouveau.

Paul a choisi ce moment pour entrer dans la pièce.

Le modérateur lui a demandé s'il voulait rester.

Il a jeté un coup d'œil aux seins des deux femmes et n'a pas hésité à dire oui.

Ils lui ont dit qu'il devait accepter cinq défis s'il voulait rester.

Il a sorti sa première carte.

"Avec un bandeau sur les yeux, embrasse trois membres du sexe opposé et devine qui est qui."

J'étais le deuxième et Joanna le troisième.

J'ai frotté Paul comme la première femme l'avait fait, frottant sa queue à travers son pantalon.

Joanna fit mieux, abaissant sa braguette et atteignant l'intérieur.

Paul ne m'a pas frappé (il pensait que j'étais le numéro un).

Il a perdu quatre des cinq vêtements en se tenant là dans son boxer, avec une énorme érection luttant pour se libérer.

Le modérateur a annoncé que les choses étaient allées assez loin et qu'il était temps de tirer les cartes les plus fortes.

J'ai eu le premier.

Ils m'ont bandé les yeux et m'ont mis trois bites dans les mains.

Il devait deviner à qui chacun appartenait.

Incroyablement, j'étais incapable de distinguer Paul des autres.

Avec toutes les personnes présentes dans la pièce qui regardaient, j'ai enlevé mon chemisier.

La femme qui était déjà nue du tour précédent a perdu son défi et tous les hommes ont tiré une paille.

Le modérateur a dit à la femme qu'elle devrait s'asseoir sur la bite de celui qui a dessiné la paille la plus courte pendant au moins cinq minutes.

Je l'ai regardée s'asseoir au-dessus du gagnant alors qu'il enfonçait soigneusement sa bite dans son trou ruisselant, me demandant si ma punition serait la même si je me mettais nue.

Le modérateur a commencé à compter le temps.

Elle a essayé de se comporter comme rien, comme si en ne bougeant pas elle allait nous convaincre qu'elle ne se faisait pas baiser là-bas au milieu de tout le monde, mais les mouvements lents avec lesquels l'homme la pénétrait ont fait, au bout d'environ trois minutes, réagir.

Elle commençait à entrer dans le sujet lorsque le modérateur a dit que le temps était écoulé et l'a obligée à se lever, ce à quoi elle a refusé, se tenant fermement au propriétaire de la bite qui lui procurait tant de plaisir.

Nous avons tous ri de cette réaction amusée, tandis que Joanna et le modérateur essayaient de retirer ce membre en érection de sa chatte affamée.

Ils ont à peine réussi.

Le suivant était moi.

"Regardez les seins de trois femmes et ensuite, les yeux bandés, identifiez-les en les touchant uniquement avec votre langue."

Joanna s'est rapidement portée volontaire ainsi que deux autres femmes.

J'ai regardé leurs seins, mesuré leur taille et leurs traits, puis ils m'ont bandé les yeux.

Ma langue explorait à tour de rôle chacun des seins.

Il m'est venu à l'esprit que si je les léchais avec empressement, ils finiraient par émettre un son de plaisir qui m'aiderait à savoir qui chacun était.

La seconde resta silencieuse jusqu'à ce que mes dents brossent son mamelon et elle ne put s'empêcher de gémir de plaisir.

Le troisième gémit au premier coup de langue.

J'ai dit que Joanna était la première, et ensuite qui pensait-elle que les deux autres étaient.

J'ai bien compris.

Je croyais déjà que le défi était passé lorsque le modérateur a dit qu'il devait purger une peine.

Il s'était rendu compte qu'il avait utilisé ses dents sur l'un d'eux.

Il m'a dit d'enlever ma jupe.

Il allait me dire de continuer à me déshabiller, mais s'est arrêté quand il a vu mon porte-jarretelles rouge et noir.

Il m'a dit que je pouvais continuer avec ma jupe, mais qu'à partir de maintenant je devrais purger les mêmes pénalités que les joueurs qui étaient déjà nus.

Il a fouillé dans la boîte de punition et a sorti une carte.

Il ne me l'a pas montré, mais il l'a fait lire aux trois autres femmes.

Ils se sont approchés de moi, m'ont encerclé lentement et m'ont porté au lit.

Joanna s'est assise dessus et les deux autres m'ont mis à genoux.

La femme dont le mamelon avait été mordu s'est positionnée près de ma tête pour que mon visage repose sur sa chatte.

Il a tenu mes bras pour que je ne puisse plus bouger.

L'autre a tenu mes jambes et a commencé à jouer avec ma chatte.

«Tu as vu à quel point elle est mouillée, Joanna? «Je l'ai entendu dire.

Pendant ce temps, il a commencé à toucher mon clitoris avec un doigt et à explorer mon intérieur avec un autre en même temps.

Involontairement, mes hanches ont commencé à se tortiller sur les genoux de Joanna.

Soudain, ça m'a frappé fort.

Je ne me suis pas plaint, car j'avais peur de rater la punition.

Cela m'a frappé plusieurs fois et s'est finalement arrêté.

«Combien y en a-t-il eu? "je me demande.

«Je ne sais pas» répondis-je effrayé.

"Ensuite, nous recommencerons", a-t-il dit.

Joanna a continué à me fouetter fort pendant que ma chatte était explorée par l'autre fille.

Cette fois j'ai regardé compter les fessées.

Quand il avait vingt ans, il s'arrêta et regarda la femme qui me tenait les bras.

«A-t-il déjà commencé à vous lécher? "je lui demande.

" Je ne réponds pas.

"Nous recommencerons" s'exclama Joanna.

J'ai rapidement enfoui mon visage dans cette chatte qui appartenait à une femme qui, comme vous l'avez peut-être déjà réalisé, ne connaissait même pas son nom.

Joanna n'arrêtait pas de me frapper de plus en plus fort.

Enfin, il s'arrêta.

J'avais compté 23 coups de fouet cette fois, même si j'avais peur d'en avoir manqué.

«Combien en ont-ils été? Il m'a demandé à nouveau.

"Vingt-cinq" dis-je pour être sûr.

«Non, tu devras faire mieux» dit Joanna «Nous recommencerons.

Le reste du peuple applaudissait et applaudissait sans cesse, mais pas moi mais mes tortionnaires.

J'ai aussi entendu Paul féliciter Joanna pour le spectacle qu'elle me faisait monter.

Pendant tout ce temps, les mains qui jouaient avec ma chatte n'avaient pas ralenti d'un iota.

J'avais déjà perdu le compte de mes orgasmes, (il y en avait eu au moins cinq), et à en juger par le nombre de fois où la femme que je mangeais sa chatte m'avait attrapé la tête, elle en avait eu au moins trois.

Joanna arrêta ses coups une fois de plus.

«Combien en ont-ils été? "je me demande.

"Vingt-cinq" répétai-je, me préparant à une nouvelle raclée.

«Bien» dit-il sans plus tarder.

Puis, s'adressant à la femme dans ma tête, il a demandé:

«Virginie, cela vous a-t-il satisfait?

"En ce moment oui" je l'entendis répondre "A moins qu'elle ne fasse pousser une bite ..."

«Et vous, Julia? Il a demandé à celui qui avait exploré ma chatte.

"Oui" répondit-il avec une respiration lourde "Pour moi, ça va."

J'ai commencé à me lever, mais Joanna m'a arrêté et m'a fait m'allonger.

"Ils peuvent être faits, mais je ne" me dis pas ". Maintenant, vous devez compter les dix coups suivants pour que tout le monde dans cette pièce puisse vous entendre. Ensuite, tu m'embrasseras, moi, les chattes de Virginia et Julia pour te remercier du plaisir que tu as eu avec nous. "

J'ai accepté.

Il lui a fallu plus d'une minute pour me frapper dix fois.

Puis j'ai embrassé la chatte de Virginia sans même me lever et l'ai remerciée.

Je me suis levé et j'ai embrassé la chatte de Julia et l'ai remerciée aussi, gardant Joanna pour la fin.

La chatte que je lui ai consacrée a duré environ trois minutes, jusqu'à ce que je la sente enfin venir.

Ensuite, je l'ai également remercié.

En le faisant, j'ai réalisé qu'il pensait ce qu'il disait.

L'expérience avait été des plus gratifiantes.

Maintenant, c'était au tour de Paul ...

Paul a choisi une carte de défi et je pouvais dire d'après l'expression de son visage qu'il n'avait pas obtenu ce à quoi il s'attendait.

"En utilisant uniquement la bouche et les yeux bandés, identifiez les coqs de trois hommes."

«Je ne vais pas faire ça» dit-il en se tournant vers moi.

«Attends une minute» répondis-je un peu agacé «Tu as passé un bon moment à regarder comment je roulais avec trois femmes et maintenant tu ne veux plus faire ça. Je pense que vous êtes injuste. "

"Mais, est-ce que ..." il a commencé à dire "Est-ce que ce sont ... des bites !!"

«Allez» dis-je, voyant que je le convaincais déjà «Rien ne vous arrivera si vous le faites, cela ne vous fera aucun mal. Pensez également à la punition que le modérateur vous donnera si vous refusez. "

Je ne sais pas lequel de mes arguments a finalement réussi à le convaincre, le fait est qu'après y avoir réfléchi un moment de plus, il a annoncé qu'il allait essayer.

J'ai regardé de près les trois bites exposées devant Paul.

Il avait les yeux bandés et tremblait de la tête aux pieds.

J'ai essayé de lui remonter le moral en lui disant que cela m'excitait énormément, ce qui était tout à fait vrai.

Enfin, il se décida et commença à relever le défi.

En fin de compte, ce n'était pas si mal, cela s'est terminé en moins d'une minute et n'en a frappé qu'un.

Le modérateur m'a demandé de l'aider à choisir la punition.

Les yeux toujours bandés, ils le firent asseoir sur le bord du lit.

Les femmes toujours dans la pièce se déshabillaient.

A partir de ce moment, les vêtements ne serviront plus de punition.

Chacun d'eux s'est assis sur sa bite raide pendant exactement une minute.

J'étais le quatrième et Paul m'a reconnu grâce aux bas que je portais encore ou peut-être autre chose.

Il m'a supplié de rester un peu plus longtemps, assez longtemps pour venir.

Je lui ai donné un baiser qui a débouché sa gorge et je me suis assis sur lui pendant quelques instants de plus alors que ses hanches me poussaient encore et encore, essayant d'atteindre l'orgasme rapidement.

Je ne l'ai pas permis.

À la fin de la journée, c'était une punition, alors je me suis levé en le laissant à mi-chemin.

Joanna a été la dernière à insérer sa bite.

Elle l'a réveillé sans pitié et l'a également quitté avant qu'il ne vienne.

«Si vous avez besoin de moi pour choisir une autre punition, n'hésitez pas à me consulter» ai-je proposé au modérateur, tandis que Paul se levait et ôtait le bandeau, épuisé.

"Ne t'inquiète pas" me sourit-il "A partir de maintenant, nous choisirons entre les deux."

J'ai vu Joanna prendre la prochaine carte.

Il l'a lu à lui-même et cela lui a semblé amusant.

Nous lui avons demandé de le lire à haute voix et il l'a fait.

"Choisissez trois hommes et touchez leurs bites. Ensuite, les yeux bandés, asseyez-vous sur eux et identifiez leurs propriétaires."

Elle arpenta la pièce et choisit deux hommes, curieusement, ceux qui avaient les plus grosses bites.

Lorsqu'elle atteignit Paul, elle s'arrêta devant lui et prit doucement sa queue.

Paul a fait un pas en avant, heureux car maintenant il allait avoir la chance de finir ce que nous ne lui avions pas laissé auparavant.

Mais, Joanna la libéra, souriant cruellement.

"Pour l'instant vous en avez assez" dit-il "Si vous êtes bon, je vous choisirai peut-être pour un autre match."

Et elle s'éloigna de lui, le laissant avec une bite raide et un air renfrogné déçu sur le visage.

Je ne pouvais pas m'empêcher de sourire.

Cela lui a bien servi.

Joanna a choisi le troisième et l'a amené avec les deux autres.

Elle a touché chacun des bites jusqu'à ce qu'ils soient durs et quand elle a eu fini, elle avait les yeux bandés.

Puis il s'est empalé sur chacun d'eux, sans donner à aucun des trois une chance de venir.

Elle est venue dur sur la troisième bite.

Incompréhensiblement, aucun d'entre eux n'avait raison.

Nous avons tous réalisé que j'avais échoué exprès, même le modérateur qui m'a appelé pour délibérer.

Enfin, nous avons trouvé une punition selon la personnalité de Joanna, même si au fond nous savions tous que plus qu'une punition, c'était un cadeau pour elle.

Nous avons attaché Joanna au lit face contre terre, de sorte que sa taille soit pliée au bord, la laissant à genoux avec son cul exposé à nous tous.

La punition consisterait à ce que chaque homme la baise par derrière pendant exactement une minute.

Je serais à ses côtés pour lui présenter chacune des bites.

Le modérateur prendrait du temps.

Un geste de sa part serait le signal que le temps était écoulé et qu'ils devraient retirer sa bite.

S'ils refusaient, je serais chargé de l'enlever de force (en les prenant par les œufs si nécessaire).

Je suis allé vers Paul et lui ai dit quelque chose à l'oreille.

Puis j'ai pris ma place.

J'ai attrapé le premier des six bites qui allaient entrer dans le trou de Joanna à deux mains.

«Le pourboire est un peu sec» ai-je menti, car tout ça me rendait le plus excité «Je pense que je vais devoir l'humidifier avec ma langue».

Je l'ai fait, en recréant plus que nécessaire, ce qui m'a valu une réprimande de la part du modérateur.

Ensuite, je l'ai présenté de manière experte.

Juste au moment où Joanna commençait à se déplacer à temps avec son partenaire, la modératrice m'a donné le signal d'arrêter.

J'ai attrapé son sexe doucement et l'ai sorti rapidement.

J'ai aussi humidifié le second avec ma bouche chaude, car, comme je l'ai dit, c'était «nécessaire».

Quand je l'ai mis dedans, sa bite a commencé à entrer et sortir à une vitesse fulgurante.

Malgré cela, je l'ai retirée avant qu'elle ne puisse obtenir de satisfaction.

Le troisième et le quatrième se passèrent de la même manière.

Le modérateur était le cinquième.

Je regardai sa bite et secouai lentement la tête.

"Je pense que je vais devoir mouiller cette bite aussi" dis-je malicieusement.

Je l'ai mis dans ma bouche et j'ai commencé à le lécher et à le sucer comme s'il n'y avait personne d'autre dans la pièce.

J'y ai consacré plus de temps qu'à aucun autre.

Enfin, il m'a arrêté avec sa main.

"Je pense que ça suffit" dit-il, haletant d'excitation.

« Tu es sûr que tu veux que je m'arrête ? Ai-je demandé sensuellement.

« Pour l'instant oui » m'a-t-il dit « Plus tard, je peux te laisser continuer.

Le modérateur était exactement une minute et était celui qui était le plus proche de jouir, à cause de l'excitation que ma bite lui avait provoquée.

Paul était le dernier.

Joanna avait poussé ses hanches fort contre les deux dernières bites, essayant d'atteindre l'orgasme, mais n'y réussissant pas.

J'ai décidé que je la ferais souffrir un peu plus avant la dernière attaque.

J'ai lentement écarté les lèvres de sa chatte avec l'excuse que de cette façon la bite entrerait plus facilement.

Cela fit frémir Joanna de plaisir.

Puis mon doigt glissa sur son clitoris, l'excitant encore plus.

J'ai pensé que cela suffisait et j'ai laissé Paul s'approcher.

Il la poussa à l'intérieur, car la chatte de Joanna était plus que lubrifiée.

Il a commencé à lui donner de puissantes poussées comme les autres l'avaient fait, mais après le quatrième, je l'ai enlevé et lui ai poussé le cul dans le cul.

Juste à la fin de la minute de rigueur, le modérateur m'a donné le signal de l'enlever.

Joanna repoussa avec ses hanches pour essayer de maintenir le membre enflé en place, mais sans succès.

Le modérateur m'a regardé.

"Maintenant, nous voterons pour décider de la punition que nous vous infligerons", m'a-t-il dit en parlant à haute voix pour que le monde entier puisse l'entendre.

" Châtiment? À moi? Mais pourquoi? Dis-je, incrédule.

«Pour avoir changé les règles du jeu précédent» répondit-il «Les bites ne pouvaient entrer que dans sa chatte et non dans son cul. De plus, tu n'avais pas le droit de manger tous les coqs sans ma permission ».

Personne n'a voté contre.

Pendant ce temps, j'ai regardé Joanna rouler sur le dos, sa main flottant lentement vers son clitoris affamé.

Les gens avaient pris une décision.

"On va vous bander les yeux et puis on fera tous ce qu'on veut sans que vous sachiez qui a fait quoi" s'est exclamé le modérateur en souriant.

Soudain, quelqu'un m'a bandé les yeux et plusieurs mains m'ont poussé sur le lit.

Une seconde plus tard, un coq est entré dans ma bouche et j'ai commencé à le sucer avidement.

Une deuxième bite a creusé dans ma chatte dégoulinante, mais après quatre poussées, elle est sortie.

Ensuite, j'ai eu l'impression que quelqu'un me séparait les fesses et immédiatement après, une autre bite (ou peut-être la même) est entrée dans mon cul avec une seule poussée.

J'avais envie de crier mais la bite qui s'était enfouie dans ma bouche m'arrêta.

Ils m'ont lentement mis de mon côté, pour que ni les bites qui me baisaient ni les deux bouches qui commençaient à me sucer les seins ne s'échappent de leurs cibles.

J'ai remarqué qu'au moins l'un d'entre eux était celui d'une femme car sa peau du visage était très douce, sans trace de barbe.

Plusieurs personnes se sont rassemblées autour de mon sexe et ont essayé de me pénétrer.

Après une légère lutte, l'un d'eux réussit.

Telle était la bagarre qui s'était formée entre les gens entre mes jambes, que j'avais l'impression que plusieurs personnes me baisaient en même temps.

C'était comme si tout le monde s'était mis sur moi.

La bite dans ma bouche entrait et sortait d'elle sans relâche, tandis que la bite dans ma chatte continuait de pomper, mais avec une certaine difficulté.

Celui sur mon cul me pénétrait encore, mais il semblait que la plupart de la stimulation de son propriétaire provenait de mes efforts pour contrer les poussées de tout le monde.

Apparemment, les deux personnes qui suçaient mes seins avaient décidé de m'exciter et de me stimuler au maximum.

La vérité est que j'étais content d'avoir les yeux bandés, donc je pouvais me concentrer pleinement sur ce qu'ils me faisaient.

Voir ce qui se passait n'aurait servi que de distraction.

Une des filles a pris ma main, l'a mise sur sa chatte et a commencé à se frotter avec mes doigts, les utilisant pour se masturber.

Elle était tellement confuse par tout qu'elle ne pouvait pas réagir.

C'était comme si j'étais devenu un objet, comme si j'avais été privé de ma volonté.

La bite dans ma bouche a commencé à palpiter.

Quelques secondes plus tard, un filet de lait me monta à la gorge.

J'ai essayé de tout avaler, mais certains sont tombés sur ma joue.

Avant que je puisse récupérer, ils ont remis une chatte à sa place, que j'ai commencé à lécher sans tarder.

Apparemment, les deux qui baisaient ma chatte et mon cul avaient trouvé un rythme commun.

Avec leurs poussées, ils m'ont fait venir.

J'étais au milieu de mon deuxième orgasme, quand j'ai entendu un cri et l'homme qui conduisait ma chatte est venu.

Puis, alors qu'il se retirait lentement, j'ai senti son sperme commencer lentement à s'écouler de mon trou.

Son partenaire, entièrement dédié à mon cul, n'arrêtait pas de pomper encore plus fort.

Un visage est apparu sur ma chatte et a commencé à la lécher passionnément.

La sensation d'être baisée dans le cul pendant que quelqu'un d'autre mangeait ma chatte était nouvelle pour moi.

J'ai recommencé à jouir.

Quelqu'un a commencé à me tirer les cheveux.

Malgré la difficulté, j'ai essayé de continuer à me plier aux exigences de la chatte qui était sur mon visage.

Une nouvelle bite est apparue dans ma main et j'ai commencé à la remuer de haut en bas.

Une des bouches qui se trouvaient sur mes tétons a disparu, prenant sa place une paire de mains fortes qui ont commencé à frotter mes seins, les pétrissant comme si c'étaient de la pâte à pain.

"Je pense que cette fille veut être fessée plusieurs fois" dit une voix à ma droite que je ne pouvais pas savoir à qui il appartenait.

La chatte que je suçais se rapprocha encore plus de mon visage.

Je l'ai léché du mieux que j'ai pu.

Ses cuisses ont écrasé ma tête alors que j'atteignais l'orgasme.

Rapidement, un nouveau coq l'a remplacé et s'est frayé un chemin dans ma bouche.

J'ai imaginé une file de personnes faisant la queue à chacune de mes attractions, attendant leur tour.

J'ai réalisé que j'avais perdu tout lien entre ces organes sexuels et les personnes auxquelles ils étaient attachés.

Le bandeau avait tout emporté sauf ma capacité à ressentir ce qui se passait.

Je devais admettre que depuis le moment où je suis entré dans cette pièce, j'avais secrètement espéré que quelque chose comme ça pourrait arriver.

La vérité était que, depuis que Joanna avait excité mon clitoris pour la première fois avec ses doigts, elle était dans un état d'excitation constante.

Apparemment, l'homme qui me baisait avait finalement atteint le point de non-retour.

Il a attrapé mes hanches et a pris le contrôle de mes mouvements.

Quelques secondes plus tard, j'ai senti à quel point de gros jets de sperme étaient lancés de sa bite dans mes entrailles.

Puis il s'est allongé à côté de moi et j'ai senti sa bite se ramollir, sortant lentement de mon cul.

Immédiatement après, il était parti, laissant mon arrière libre.

La bouche de ma mésange droite a été remplacée par une autre main forte. Maintenant, mes seins étaient massés en équipe.

Soudain, une des mains a disparu.

Quelques secondes plus tard, j'ai remarqué quelque chose dans ma poitrine, dans la vallée formée par mes deux seins.

C'était une main, une main enduite d'une sorte de lubrifiant.

Il a passé en revue mes seins encore et encore, les enduisant de ce liquide visqueux.

Quelqu'un est monté sur mon ventre, a grimpé sur mon corps et a placé une bite dure entre mes seins lubrifiés.

Ses mains rejoignirent mes seins, les transformant en une chatte prête à être baisée.

Les hanches de l'homme ont commencé à bouger d'avant en arrière à un rythme insensé.

La bite dans ma bouche a disparu sans tirer sa charge dans ma gorge et la bite dans ma main a été remplacée par une chatte enflammée.

Quelqu'un m'a embrassé sur la bouche, je pense à une femme, enroulant sa langue dans ma gorge.

Je pouvais sentir le sperme couler de mon cul et de ma chatte.

La bite qui baisait mes seins augmentait sa vitesse.

Quelqu'un a levé mes jambes, exposant ma chatte.

Ils m'ont fouetté durement dans le cul dix fois, tandis qu'une main prenait place sur ma chatte, me masturbant.

Le coq sur ma poitrine a commencé à cracher du sperme avec force.

Il m'a frappé au visage puis est tombé dégoulinant d'elle.

Il devait aussi avoir atteint la femme qui m'embrassait, mais cela ne l'a pas empêché de me fourrer la langue une seule seconde.

Le membre déjà flasque s'est éloigné de mes seins.

La bouche qui s'embrassait s'éloigna également, tout comme le doigt de mon clitoris.

Pendant un moment, je restai allongé là, épuisé.

Une minute environ plus tard, le bandeau a été enlevé.

Ils m'ont donné une serviette et je me suis doucement essuyé avec tout en regardant le groupe assemblé.

Parmi eux se trouvait Paul, mon petit ami, qui avait également participé.

Je me suis rendu compte que je ne l'avais pas reconnu parmi tous ces gens qui me procuraient du plaisir sans arrêt.

"Maintenant, vous allez remercier chacun d'entre nous pour vous avoir offert un moment aussi agréable" m'a dit le modérateur "Mais vous le ferez d'une manière très spéciale."

Quelques instants plus tard, il embrassait chacune des chattes des femmes.

Ensuite, j'ai mis chacun des coqs des hommes dans ma bouche, en remerciant chacun d'eux.

Juste à ce moment, la porte s'ouvrit.

" Où est tout le monde ? "Dit le nouveau venu" Merde, je pense que je n'ai pas la bonne chambre ! "

FIN

31

AUGMENTATION DE SALAIRE
ERIKA SANDERS

33

Anita a frappé à la porte comme si elle ne voulait pas la casser.

Cela n'avait aucun sens, car elle était la seule personne restée dans la boutique de beignets.

Elle et la personne de l'autre côté de la porte, bien sûr.

"Allez-y," la voix de cette personne retentit.

Anita ouvrit la porte et entra, la refermant derrière elle.

Le déclic de la serrure quand il la pressa avec la poignée de porte semblait assourdissant dans le bureau calme.

Eric Galvez leva les yeux de la paperasse sur son bureau.

Il regarda Anita, une jolie employée mexicaine brune portant l'uniforme scolaire du magasin, une chemise blanche boutonnée et une jupe écossaise courte, tenant un sac de beignets.

Elle avait un corps impeccable et des cheveux bruns épais et en couches qui tombaient sous ses épaules.

"Bonjour Anita", a déclaré Eric.

Le gérant du magasin, marié et père de deux enfants, la quarantaine, a posé son stylo et a souri.

"Bonjour. Désolée si j'ai interrompu quelque chose," dit-elle timidement.

"Bien sûr que non," lui assura Eric. "Asseyez vous".

Le petit bureau du directeur se composait d'un canapé, de deux chaises, d'un bureau et de classeurs.

Eric vit Anita marcher vers lui, sa jupe se balançant d'un côté à l'autre.

Elle s'assit sur la chaise en face du bureau d'Eric, croisa ses longues jambes et laissa sa jupe atteindre ses cuisses.

Il plaça le sac sur le sol à côté d'elle.

"Que se passe-t-il?", A demandé le directeur.

Anita hésita, prit une profonde inspiration et passa lentement les doigts d'une main sur le haut de sa jambe, du bas de la jupe au genou.

"Je pense à passer de la chambre louée à un appartement", a-t-il expliqué.

Elle était une étudiante de troisième année dans une université locale, occupant plusieurs emplois dans des endroits dont les heures ne perturbaient pas ses cours.

"Génial," dit Eric avec enthousiasme, puis il s'arrêta. "Et avez-vous besoin de plus d'argent? Une augmentation?"

Anita le regarda d'un air penaud, avant qu'un regard plus sérieux n'apparaisse sur son visage.

«Je ne peux pas croire combien ils demandent à louer. Et l'acompte est ... ", at - il commencé à dire.

"Je sais," interrompit Eric.

Il la regarda un instant.

Elle avait travaillé pour lui pendant près d'un an, demandant une augmentation de salaire une autre fois.

Dans ce cas, elle avait utilisé son corps pour "influencer" sa décision.

En fait, il avait toujours voulu une autre demande d'elle depuis.

Eric regarda le sac à beignets à côté de lui.

"Allez-vous ramener des beignets à la maison?", A-t-il demandé.

Les yeux d'Anita tombèrent sur le sac et retournèrent vers son patron.

"Non. C'est pour toi ... pour nous," répondit-elle.

Eric n'avait plus besoin d'explications supplémentaires.

Il avait également apporté un sac la dernière fois.

Et cette fois, il savait quoi faire.

Il se leva et fit le tour du bureau, se déplaçant derrière la chaise d'Anita.

Elle regarda son corps athlétique jusqu'à ce qu'il disparaisse derrière elle.

Un frisson parcourut sa colonne vertébrale en prévision.

"Alors, tu m'as apporté un beignet," dit doucement Eric. "Et vous aimeriez partager."

Anita acquiesça silencieusement.

Eric regarda la jeune femme, la chemise déboutonnée sur le dessus et les jambes bronzées qui s'étendent sous sa jupe évasée.

Ses mains agrippaient nerveusement les extrémités des bras sur la chaise.

Eric posa sa main sur les cheveux de la jeune fille et passa ses doigts le long de son cou.

Il sentit la peau chaude sous le col de sa chemise, puis déplaça sa main vers l'avant de son cou avant d'approcher le bouton du haut.

Dans un mouvement agile, il déboutonna le bouton; suivi du suivant.

Le haut de ses seins est apparu, enveloppé dans un mince soutien-gorge bleu.

Ses doigts glissèrent sur la peau lisse de son sein gauche, puis revinrent au bouton suivant.

Des deux mains, enroulant son cou autour de lui, elle ouvrit chaque bouton jusqu'à ce qu'il atteigne le haut de sa jupe.

Eric sortit la chemise de sa jupe et ouvrit le dernier bouton.

La chemise d'Anita s'ouvrit suffisamment pour qu'Eric puisse voir la plupart des seins par le haut.

Il les regarda monter et descendre alors qu'elle respirait fortement.

Un crochet central entre ses seins maintenait son soutien-gorge ensemble.

Ce n'était pas un hasard, se dit Eric.

Il tendit la main et déboutonna le soutien-gorge, laissant les deux moitiés reposer librement sur les extrémités de ses seins.

Anita a continué à rester assise immobile, regardant les mains d'Eric ou de face.

Elle savait que les choses allaient changer rapidement.

Eric a mis ses mains sur le dessus de ses seins et les a laissés tomber jusqu'à ce que ses doigts retirent son soutien-gorge.

Elle prit les seins bruns nus dans ses mains, les tenant doucement pendant un moment.

Enfin, il mit les mamelons d'Anita entre ses pouces et ses index et les pinça doucement.

La jeune femme soupira de façon audible.

Eric sentit sa bite se durcir dans les limites de son pantalon alors qu'il manipulait ses mamelons.

Ils se durcirent sous son toucher et Anita sentit un point excité voyager dans son ventre jusqu'à sa chatte.

Eric enroula ses mains autour de ses seins, mais pouvait à peine les remplir de sa prise.

Il les ramassa et les regarda s'installer dans ses paumes.

Elle fit le tour de la chaise et se tint entre le bureau et Anita, la regardant brièvement.

"Lève-toi et enlève ta chemise", dit-il d'une voix calme.

Anita décroise les jambes et se tient à quelques centimètres de son patron.

Il souleva la chemise sur ses épaules et la laissa tomber sur la chaise.

Sans s'arrêter, elle a fait de même avec son soutien-gorge.

Eric a mis ses mains à l'extérieur des cuisses d'Anita et a levé ses mains jusqu'à ce qu'elles disparaissent sous sa petite jupe.

Anita sentit ses mains se lever sur l'extérieur de sa culotte et sur ses fesses.

Puis Eric a déplacé ses mains vers sa taille et a attrapé la bande de sa culotte.

Lentement, il les abaissa, s'agenouillant tandis qu'ils passaient sur ses genoux et sur ses pieds.

Il a placé la culotte noire sur la chaise et a retiré ses chaussures.

Après s'être levée, elle a regardé sa jupe et a dit:

Enlever.

Anita déboutonna sa jupe et la laissa tomber au sol, sortant et la frappant de côté.

Eric admirait sa petite taille, ses hanches et ses cuisses pleines,

longues jambes et petits pieds.

Ses yeux retournèrent vers sa chatte et la petite mèche fine de cheveux noirs sur son clitoris.

Anita se sentait extraordinairement sexy à ce moment, l'humidité entre ses jambes augmentant de quelques secondes.

Elle voulait l'homme nu devant elle et elle savait que c'était inévitable.

"Enlève mes vêtements", lui dit-il.

Il a dû délibérément ralentir ses mouvements pour ne pas révéler son désir.

Cependant, Anita a rapidement mis la chemise d'Eric sur sa tête, révélant un haut du corps bien construit, sinon trop musclé.

Elle baissa les yeux et déboucla sa ceinture, les yeux d'Eric alternant entre ses seins et ses mains.

Elle déboutonna son pantalon et le baissa jusqu'à ce qu'ils tombent seuls sur ses mollets.

Anita s'est agenouillée et a retiré ses chaussures et ses chaussettes avant d'enlever son pantalon et de les jeter de côté.

Il attendait avec impatience le gonflement croissant de ses boxers, puis attrapa la ceinture et les abaissa.

L'énorme queue d'Eric n'était qu'à moitié dressée, mais Anita sentit une vague d'émotion l'envahir tandis qu'elle enlevait son boxer.

Elle se leva et fit face à son patron.

Au soulagement d'Anita, il fit le premier pas en la tenant près de lui et en la tirant vers lui.

Il l'embrassa passionnément, pressant son sexe contre son corps et déplaçant ses mains vers elle derrière.

Eric pressa ses joues douces tandis que leurs langues rencontraient ses lèvres.

Anita le sentit presser sa chatte contre son corps, ne sachant pas si elle était plus déterminée à se satisfaire ou Eric.

Son baiser continua alors qu'elle enroula une main autour de son sexe, le sentant palpiter.

Le coq a commencé à pointer vers le haut et la fille a pompé à plusieurs reprises sa main de haut en bas sur le membre.

Une fois le baiser terminé, Eric regarda Anita et dit:

"Ma femme ne me fait pas ça. Tu es super."

"Merci, je suis content que tu aimes ça," sourit-il.

"J'ai faim", a déclaré Eric.

"Moi aussi".

Ils se sont déplacés vers le canapé.

Eric a attrapé le sac de beignets sur le chemin.

Il trouva le temps de regarder le petit cul rond d'Anita rebondir avec ses pas avant de se coucher sur le canapé, la tête sur un petit oreiller à une extrémité.

Eric fouilla dans le sac et sortit un beignet et un petit couteau en plastique.

"Ah, garnitures à la crème à la vanille. Mes préférés », a-t-il dit. "Voulez-vous partager?"

"J'adorerais," répondit Anita.

Eric s'agenouilla et plaça le beignet recouvert de chocolat sur le ventre plat de la fille, le coupant soigneusement en deux avec le couteau.

Un frisson parcourut le corps d'Anita alors que le couteau touchait à peine sa peau.

Eric le regarda se contracter alors que la lame du couteau réapparaissait de l'intérieur du beignet épais, puis il plaça le couteau et la moitié du beignet sur le dessus du sac sur le sol.

Il souleva le beignet de son ventre et tourna le centre rempli de crème vers elle.

Méthodiquement, il l'abaissa jusqu'à ce que le mamelon sur son sein droit soit directement sous la crème.

D'un coup long et lisse, elle a apporté une couche de crème à la vanille sur le bout de sa poitrine.

Anita ferma les yeux alors que le rembourrage froid couvrait son mamelon et la peau environnante, envoyant des ondulations à travers son corps vers son ventre et sa chatte.

Eric a légèrement déplacé le beignet sur le côté et a répété le processus, ajoutant un deuxième ruban de crème à côté du premier.

Enfin, elle retourna le beignet et frotta la couche de chocolat sur le bout de son mamelon raide.

Eric plaça le beignet dans le sac et regarda Anita.

Elle regardait attentivement, anticipant son prochain mouvement et le suppliant silencieusement de la dévorer.

Eric secoua la tête sur sa poitrine et passa sa langue sur son mamelon, savourant le chocolat sucré.

Anita gémit presque à haute voix, mais elle se rattrapa et regarda la langue de son patron s'allonger pour inclure un pouce au-dessus et en dessous du mamelon.

Elle déglutit une fois avant de retourner au sein, cette fois en ouvrant grand la bouche et en plaçant autant de poitrine ronde et pleine de la fille que possible.

Sa langue gratta le mamelon plusieurs fois avant que ses lèvres ne se referment sur la viande rose et ne la sucent.

Cette fois, Anita ne pouvait pas se contenir.

"Oh, mon Dieu," murmura-t-il.

Eric leva la tête et lécha la crème de ses lèvres.

Lorsque sa bouche retomba sur le sein d'Anita, sa main poussait sur son sein et il lécha avidement le reste de la crème à la vanille de sa peau.

Il revenait toujours au mamelon.

Anita arqua son dos, poussant sa poitrine plus haut.

Elle sentit l'humidité entre ses jambes augmenter à chaque pas de sa langue sur son mamelon et elle était sûre qu'il pourrait la faire venir s'il la gardait comme ça.

Il attrapa de nouveau le beignet, cette fois en étalant la garniture blanche et le chocolat sur sa poitrine gauche en plus grande quantité.

La crème couvrait près des deux tiers de la poitrine, laissant Eric avec un demi-beignet presque creux à la main.

Après avoir remis le beignet dans le sac, elle se pencha sur le corps d'Anita et exposa méticuleusement ses seins un coup à la fois.

La fille a déplacé sa main vers le haut de la tête d'Eric et l'a pressée plus fort contre sa poitrine.

Pendant ce temps, sa main se déplaça de sa hanche à entre ses jambes, caressant momentanément le clitoris enfoui sous une mèche de cheveux brun foncé soigneusement coupés.

"Oh Jésus," dit-il doucement. "C'est si bon."

Avec seulement une petite quantité de crème à la vanille sur sa poitrine, Eric monta sur le canapé, plaçant ses jambes entre les siennes.

Son sexe était maintenant complètement dressé, pointant vers le haut à un angle aigu.

Il se pencha en avant et plaça son sexe sur la poitrine recouverte de crème, le déplaçant d'un côté à l'autre jusqu'à ce qu'il ait une petite couche de garniture blanche.

Anita a utilisé sa main pour diriger le coq vers les zones avec plus de crème.

Bientôt, il était blanc de la tête rose à la base.

Anita regarda Eric glisser en avant et porter sa bite à ses lèvres.

Anxieusement, elle ouvrit la bouche et accepta le cadeau.

Le goût sucré de la crème lui fit presque oublier son amour pour le goût d'une bite chaude et dure.

Sa langue travaillait de tous les côtés du membre tandis qu'Éric le glissait dans et hors de sa bouche, le faisant gémir de plaisir.

"Ummmm, Anita. Suce-moi Lèche-moi comme ça », a déclaré Eric. "Oui, oui. Comme ça."

Il a fallu quelques minutes à la fille pour retirer la dernière crème de son sexe; sucer, lécher et avaler aussi vite qu'il le pouvait.

Quand ce fut fini, Eric était plus dur qu'avant et était proche de l'apogée.

"Va me faire foutre, Eric," s'exclama Anita à haute voix. "Je te veux sur moi. S'il te plait."

Lorsque son patron est descendu du canapé, Anita a écarté ses jambes et a soulevé ses genoux.

Quand il avait sa bite à l'entrée de sa chatte, sa main était en position prête à le guider vers elle.

Même elle était surprise de voir à quel point elle était préparée pour lui.

Dès que la tête du pénis gonflé a trouvé l'ouverture, Eric a pu s'abaisser jusqu'à ce que ses cuisses se rencontrent en une douce tape.

"Dieu oui. Baise-moi" , a déclaré Anita..

Eric a rapidement répondu à leurs demandes.

Il la souleva le cul et commença à glisser sa bite dedans et dehors, la sentant contracter périodiquement son vagin.

Anita a soulevé ses jambes et les a doucement enroulées autour de la taille d'Eric, lui permettant de la soulever davantage.

Les seins d'Anita se balançaient rythmiquement.

Elle pinçait ses mamelons de temps en temps, envoyant ce qui ressemblait à des courants électriques directement dans sa chatte.

Pendant ce temps, Eric se repositionne pour qu'une main libre puisse masser son clitoris.

Il a trouvé le renflement bombé facilement et l'a frotté.

La tête de la fille se mit à osciller d'un côté à l'autre et marmonna:

"Merde. Merde. Oui ici. Là!"

Eric se frotta plus fort et sentit son corps se tendre.

Ses jambes le serraient fort et elle a crié: «Ahhhh. Oh mon Dieu. Maintenant."

Son orgasme a commencé avec un autre gémissement étouffé et ses hanches se sont relevées pour trouver ses poussées.

Pendant au moins trente secondes, Eric l'a pénétrée encore et encore, alors qu'elle gémissait et criait pour qu'il la baise.

Eric voulait que la sensation de sa chatte serrée autour de sa bite et de son corps se tordant sous lui dure pour toujours.

Il s'agrippa à ses fesses alors qu'elle commençait lentement à s'installer sur le canapé.

Maintenant capable de se concentrer sur son propre corps, Eric sentit la première vague de sperme monter de ses couilles.

Anita sentit l'orgasme approcher en lui et le pressa de continuer.

"C'est ça. Allez. Rentre dans ma chatte."

La bite d'Eric a explosé dans un flot de sperme qu'Anita a senti remplir ses entrailles.

Le fluide chaud jaillit en plusieurs jets, chacun accompagné d'un gémissement bruyant.

Eric attrapa Anita par le bas des épaules et pressa son corps contre le sien.

Quand elle était sur le point de finir et resta immobile avec sa bite au fond d'elle, Anita serra sa chatte serrée.

"Ahhh, bon sang. Arrête », murmura Eric, presque essoufflé et à moitié riant.

Il se secoua pour la dernière fois et tomba d'elle, mou et totalement vidé.

Il était allongé dans ses bras, sa tête sur sa poitrine et ses jambes toujours enroulées autour de sa taille.

"Tout ce que tu as à faire est de le demander quand tu veux," dit doucement Eric, son doigt traçant le contour de son mamelon.

"J'avais faim aujourd'hui", a-t-elle déclaré.

FIN

SITUATION INATTENDUE
ERIKA SANDERS

45

Chapitre I

"Je t'attendrai dans la chambre, enfiler quelque chose de révélateur," avait dit John.

Ils l'ont traité comme de la nourriture à emporter, pensa Gina à la fin de l'appel.

Et c'est ce qu'elle ressentait maintenant, en appliquant son maquillage sur le miroir de la commode: des yeux ombragés, des lèvres rouges en forme de cœur et suffisamment de maquillage sur son visage pour ne pas la faire ressembler à une figure de musée de cire.

Autre chose que vous voulez dans votre commande, chéri?

Satisfaite de son travail, elle a marché pieds nus sur le tapis de la chambre, vêtue uniquement de son soutien-gorge et de sa culotte, et a ouvert le placard.

Sur une étagère au-dessus de ses vêtements, elle a sorti une petite boîte d'argent et l'a portée à son lit.

Lorsqu'elle l'ouvrit, plusieurs dizaines et vingt billets tombèrent sur les draps de soie.

Gina en a compté quatre sur vingt et a gardé les autres dans la boîte.

Elle remit la boîte dans le placard, fourra l'argent dans son sac à main et commença à s'habiller.

John vivait à travers la ville dans une luxueuse maison de ville de cinq chambres près du canal.

Cela lui prendrait dix minutes pour s'y rendre, selon le trafic de l'après-midi.

C'était un client relativement nouveau qu'il avait servi six fois jusqu'à présent.

Elle détestait ça.

Il était arrogant, grossier et complètement pervers.

Il était d'origine italienne: la couleur de la peau olive, un gros nez et des cheveux noirs épais partout sur lui.

John aimait manger et Gina pensait qu'il ressemblait à un mélange entre un gangster des années 40 et un porc à ventre en pot.

Il s'était vanté de ses liens avec les enfers criminels, mais Gina n'était pas sûre de savoir ce qu'il disait était vrai.

Elle pensait qu'il essayait juste de l'impressionner.

Elle ne pouvait pas comprendre pourquoi les hommes pensaient que c'était attrayant pour les filles.

Gina détestait la violence et a tourné un film au premier signe de sang ou de violence.

Mais John était définitivement dans une sorte d'entreprise peu fiable.

Elle avait vu des armes chez elle.

Elle avait entendu des appels téléphoniques enflammés pendant leur relation sexuelle que John refusait d'ignorer.

Parler d'argent et de drogue.

Elle a trouvé des hommes haineux comme John: cupides, égoïstes, malhonnêtes et corrompus.

Cependant, elle avait trop besoin d'argent.

La vie de Gina était pleine de dettes.

Un cours universitaire en sciences humaines, la mini Fiat, qui lui a valu chaque jour un travail de secrétaire, l'achat de vêtements, des vacances à Ibiza et un prêt qu'elle avait contracté pour meubler son appartement.

Elle nageait dans la dette, mais les sociétés de prêt ne lui en avaient jamais refusé.

Et c'est pourquoi elle travaillait comme escorte privée depuis un an.

Privé était le mot clé.

Elle n'avait pas de publicité en ligne, trop effrayée que sa famille ou ses amis découvrent son secret sordide.

Sinon, elle comptait sur le bouche à oreille et ses habitués, des gars comme John.

Le premier homme qui l'a payée pour avoir des relations sexuelles avec elle s'appelait Peter.

Elle l'a rencontré sur un site de rencontres après sa rupture avec Adams, mais elle a su instantanément que ce n'était pas pour elle.

Ce n'était pas le fait qu'il avait la quarantaine et quinze ans de plus qu'elle.

En fait, c'était la raison pour laquelle elle l'avait rencontré en premier lieu, pensant qu'un homme plus âgé pouvait lui donner ce qu'Adams, un garçon de vingt-quatre ans, ne pouvait pas.

Engagement, sécurité, nouvelles expériences sexuelles peut-être.

Elle ne ressentait tout simplement aucun lien avec Peter et le savait dans l'heure qui suivait leur premier rendez-vous, un dîner pour deux dans un restaurant indien du plus beau quartier de la ville.

Elle lui a dit au revoir et l'a remercié pour un délicieux repas, pensant que ce serait la dernière fois qu'elle le verrait.

Mais Peter était plus intéressé par elle qu'il ne l'avait pensé au départ.

Il l'a contactée deux jours plus tard pour lui proposer de payer pour des rapports sexuels.

Gina a d'abord été surprise, voire offensée.

Avec son bronzage profond, ses cheveux blonds teints et son penchant pour révéler les vêtements, elle savait qu'elle faisait une certaine impression attrayante.

Mais cela ne ferait pas d'elle un renard ou une personne qui écarterait les jambes au premier signe de problèmes financiers.

Elle avait certainement rencontré des filles qui le feraient.

Mais Peter semblait être un gars si gentil, et plus Gina pensait à sa dette, elle commençait à se demander quel mal il y avait à accepter l'offre. Il y aurait un avantage mutuel.

Peter la posséderait et elle obtiendrait l'argent dont elle avait désespérément besoin.

Si personne ne se blesse vraiment, quel est le problème?

Gina était cependant naïve.

Elle n'a jamais imaginé à quel point le sexe rémunéré pouvait être addictif, ni à quel point cela serait misérable et bon marché pour elle.

Pour aggraver les choses, Peter n'était pas le gentleman qu'elle avait d'abord pensé qu'il était.

Bientôt, le mot se répandit qu'elle était bonne à ses services et cela ne pouvait être que parce qu'il le propageait directement.

Des offres de toutes sortes, via le site de rencontres où elle avait rencontré Peter, remplissaient sa boîte aux lettres.

Il ne pouvait pas croire combien d'hommes plus âgés recherchaient des femmes plus jeunes avec qui avoir des relations sexuelles et combien étaient prêts à payer pour cela.

Cela avait été très lucratif pour elle et elle a vite appris qu'elle pourrait gagner plus d'argent si elle était disposée à repousser un peu plus ses limites.

Les hommes ont payé plus pour des choses comme l'anal, la domination, la douche dorée et divers types de jeux de rôle.

Gina avait investi dans des uniformes d'écolière, de la lingerie sexy et des fouets. Elle avait mangé tout ce qui lui était suggéré, elle avait mis toutes sortes d'objets en elle et avait même fait semblant d'allaiter un homme de cinquante ans portant une couche.

Bien sûr, John, avec son argent, avait bénéficié de tous les services disponibles.

Des prostituées de haut niveau aux stars du porno et même à la page trois modèles.

C'était une obsession à la limite de la dépendance.

Il semblait que toutes les jeunes et belles filles étaient prêtes à vendre leurs attributs tout en les désirant.

C'était tragique.

Donc, ce n'était pas une surprise, qu'après en avoir entendu parler par un ami, John ait contacté Gina.

Et ce soir, ce serait leur cinquième fois ensemble.

Gina vérifia sa montre et rangea ses vêtements dans le miroir du couloir. "Tout sera terminé dans un an, ma fille", se rappela-t-elle.

'Tu peux le faire.'

Puis il saisit ses clés et sortit par la porte.

Chapitre II

Dix minutes plus tard, il s'est arrêté à Midesting Road.

Il était juste dix heures et demie et une fête au bord de la piscine dans l'une des autres maisons battait son plein.

Il a franchi les portes en fer forgé de la maison de John et a garé la Fiat sur la route.

Le clair de lune brillait sur le toit de la Mercedes d'argent de John lorsqu'il entendit le bruit de ses talons craquer sur le gravier et il se dirigea vers le côté de la maison.

John lui avait dit d'entrer par l'entrée arrière.

Ce soir, ils vont jouer à un jeu de rôle.

Il va être allongé sur le lit et elle va entrer, comme un voleur, et le surprendre.

John adorait mélanger les choses.

Elle n'avait jamais rencontré un homme aussi imaginatif sexuellement.

Il s'arrêta à mi-chemin sur le côté de la maison et regarda de haut en bas dans l'allée.

Elle était sûre que personne ne la verrait là-bas, mais elle voulait s'assurer au cas où.

Elle baissa sa culotte, la fit glisser le long de ses talons, puis ajusta sa jupe.

Elle fourra sa culotte dans son sac.

Dentelle rouge, la préférée de John.

Puis elle trébucha sur ses talons le long du chemin et ouvrit la porte de l'arrière-cour.

Une poubelle en métal a sonné quand il l'a accidentellement frappé avec le bout de son talon pointu.

'Stupide!' Elle se réprimanda.

La lumière de la cuisine était allumée et la porte-fenêtre qui y conduisait était entrouverte.

John doit l'avoir laissé ouvert pour elle.

Gina repoussa ses cheveux, continua sa marche sensuelle et entra dans la maison.

Il sentit l'odeur de brûlé en entrant dans la cuisine et ferma la porte.

C'était probablement l'un des cigares que John aimait fumer.

C'était un gangster fumant.

La maison était silencieuse.

John devait l'attendre au lit comme il l'avait dit.

Gina traversa la salle à manger très soigneusement meublée, tous les meubles modernes et le bois dans une teinte rouge foncé, et sortit dans le couloir.

Elle regarda vers l'escalier en colimaçon.

"John," dit-il moqueur. «Êtes-vous prêt ou non?

Ses talons claquèrent sur les marches polies alors qu'elle montait les escaliers.

Lorsqu'il se tourna dans le couloir, il vit la porte de la chambre de John s'ouvrir.

La lumière était allumée mais ne faisait toujours aucun bruit.

Puis il a entendu un grincement.

'John?'

Le gros bâtard était probablement assis sur son trône dans la salle de bain attenante.

Gina lissa ses cheveux, abaissa son décolleté et entra dans la pièce.

Tout semblait s'arrêter à ce moment.

Le corps entier de Gina se figea.

Allongé sur le lit, complètement nu et regardant le plafond, se trouvait John, avec une mare de sang trempant les draps autour de lui et sa gorge tranchée.

Hurla Gina.

Une silhouette sombre sortit de derrière la porte et l'attrapa, enroulant un bras autour de son cou et mettant sa main sur sa bouche.

"Ne fais pas de bruit ou je couperai aussi le tien", a-t-il dit.

Gina sentit la pointe aiguë et froide d'un couteau autour de son cou.

'Qui es tu?' gémit-elle.

«Quelqu'un avec qui vous n'aimeriez pas baiser»

L'homme serra son cou plus fort avec son avant-bras musclé.

'Qu'est que tu fais ici?'

«Je suis venu voir John».

'Pour que?"

"Il m'a demandé de le faire."

'Parce que?' demanda l'homme.

«Juste pour le voir.

Il a écrasé la trachée de Gina avec son bras, la faisant s'étouffer.

'Parce que?' cri.

«Pour avoir des relations sexuelles», Gina a réussi à babiller.

Elle a commencé à tousser lorsque l'homme a relâché la pression autour de son cou.

'Tu es une prostituee?' il a dit.

'Ne pas!'

'Alors quoi?'

«Une escorte».

"C'est la même chose", a déclaré l'homme.

Gina n'a rien dit, trop effrayée que l'homme puisse lui casser le cou ou la poignarder si elle le contredit.

"Il semble que nous ayons un problème", a-t-il déclaré.

Il se tourna vers le corps sans vie de John, tenant Gina fermement entre son bras et sa poitrine.

Gina avait l'impression qu'elle allait tomber malade en voyant autant de sang.

"Maintenant tu es témoin d'un meurtre."

S'il vous plaît, plaida Gina.

'Je ne le dirai à personne. Laisse-moi partir. '

Chapitre III

Un rire sinistre vint de l'homme.

"Vous comprenez sûrement que ce ne sera pas aussi facile que ça."

La peur a traversé le corps de Gina.

Elle sentit de l'urine chaude commencer à couler à l'intérieur de ses jambes.

Elle ne voulait pas mourir ce soir.

L'homme lui attrapa le bras avec sa main gantée de cuir et la conduisit à la salle de bain.

Il ferma la porte derrière eux et se tourna pour la regarder.

Gina recula dans un coin lorsqu'elle vit son visage.

Elle ne s'était pas attendue à ce que ce soit l'un des plus beaux visages qu'elle ait jamais vu, mais c'était la profonde cicatrice qui coulait le long d'un côté de sa joue qui l'avait le plus surprise.

Et son corps semblait fait pour tuer, avec des épaules de champion de boxe et ça pouvait casser un cou en deux.

C'était un monstre.

Il la regarda de haut en bas avec des yeux bleus durs.

« Qui sait que vous êtes ici ?

'Personne ! S'il vous plaît, pouvez-vous me laisser partir et m'échapper. Je vous assure, je ne le dirai pas à la police.

Il s'approcha d'elle à un rythme lent et prédateur.

« Il est trop tard pour ça. Vous avez déjà vu mon visage. »

« Je promets que je ne le dirai pas. S'il vous plaît, ni vous ni John ne m'inquiètent, je veux juste rentrer à la maison. Je ne veux pas mourir. "Gina fondit en larmes.

L'homme a mis une main gantée sur son épaule nue et s'est approché menaçant de son visage.

Gina sentit l'air chaud de son nez effleurer ses joues.

«Maintenant, maintenant, maintenant», ronronna-t-il. «Pourquoi ruiner ce joli visage?

Il passa un long doigt sur la joue striée de larmes de Gina.

Le corps entier de Gina s'est transformé en glace lorsqu'elle a senti son contact.

Il y avait quelque chose d'extrêmement conflictuel dans l'attrait qu'elle ressentait pour le corps de cet homme et la peur qu'elle ressentait d'être coincée contre le mur par quelqu'un qu'elle connaissait pourrait facilement la tuer.

Il se pencha plus près et passa sa langue rugueuse sur son visage, la faisant sentir un frisson traverser sa peau.

Elle ne s'attendait pas à ce qui allait suivre.

La main gantée de l'homme glissa sous sa jupe, ses longs doigts sondant ses lèvres exposées.

«Vilaine,» dit-il lors de sa découverte inattendue.

'S'il te plait ... oh'

L'homme avait retiré son gant et un long doigt charnu était maintenant à l'intérieur d'elle.

Il a trouvé le clitoris de Gina en douceur et l'a massé, créant une chaleur qui a commencé à se répandre en elle.

Il passa sa langue sur les contours fermes du cou de Gina en même temps.

Gina se tourna et vit son reflet dans le miroir au-dessus de l'évier.

Et il a également vu cette bête grande et étrange s'enfoncer dans son cou comme un vampire, avec la lame du couteau dans sa main libre clignotant dans la lumière halogène comme un avertissement.

Elle n'osa pas bouger de peur qu'il n'utilise sa pointe acérée contre elle.

L'homme s'éloigna et fit courir son regard sur son corps.

Il y avait une profonde excitation en eux comme s'il pouvait voir son corps nu à travers les vêtements.

Il glissa son sac de son épaule et le laissa tomber sur le sol, alors qu'un tube de rouge à lèvres et une culotte rouge se répandait sur les carreaux.

Il attrapa l'un de ses seins à travers son gilet moulant et le serra doucement, puis passa son doigt sur son mamelon alors qu'elle se raffermissait.

Elle était du mastic entre ses mains.

« Qu'est-ce que tu vas faire de moi ? Elle a demandé.

« Puisque nous sommes seuls et que nous avons l'endroit prêt pour nous, je vais vous donner ce que ce gars là-bas ne vous aura jamais donné.

Oh mon Dieu, pensa Gina. Pas ca.

Sentant sa peur, l'homme sourit.

'Ne t'en fais pas. Une fois que vous me rencontrez dans votre chatte, vous serez heureux que l'autre soit mort.

L'homme avait raison de dire qu'ils étaient seuls.

Sans voisin à proximité, tout appel au secours donnerait des résultats infructueux.

Si ... si elle était d'accord, elle a fait ce que l'homme a dit, elle pourrait sortir de la maison vivante.

Avec toutes les autres chances contre elle, quel autre choix avait-elle à part jouer le meilleur jeu de rôle de sa vie ?

Il a donc pris une décision.

Elle allait faire la meilleure performance de sa vie.

Et si cela échouait, elle avait un plan de sauvegarde.

"Enlève ça," grogna l'homme en hochant la tête vers son gilet.

Gina a fait ce qu'il a dit.

Lorsque le gilet glissa sur sa tête, elle secoua ses cheveux et le regarda.

"Je veux que tu te déshabilles aussi," dit-il.

L'homme laissa échapper un rire moqueur.

« Tu ne vas pas me dire quoi faire. Et je ne suis pas aussi stupide que vous semblez le croire. Jetez-le. Il hocha la tête vers la jupe de Gina.

Elle déboutonna sa jupe et la laissa tomber le long de ses jambes, puis lui donna un coup de pied avec son talon.

Elle était là devant lui en talons et soutien-gorge, et avec des lèvres vaginales rasées exposées à l'air frais de la salle de bain.

Il leva ses yeux bleus entourés de mascara au regard pénétrant de son ravisseur.

"Comme c'est doux et beau", dit-il, aspirant de l'air dans ses narines. 'Tourne toi.'

Gina se retourna et regarda le mur de tuiles.

À travers le reflet du miroir, elle regarda l'homme se pencher et caresser son entrejambe alors qu'il étudiait ses fesses.

La grosse bosse qu'il voyait sortir de son pantalon lui fit savoir qu'il était bien doté.

Il la fit se pencher en avant, attrapa ses hanches et amena son entrejambe vers elle.

La masse dure et grasse pressait maintenant contre la fente de ses fesses.

Sa main nue toucha son cul et la poussa en avant, le couteau toujours fermement saisi dans l'autre.

Gina le regarda alors qu'elle le plaçait sur le comptoir près de l'évier et commença à déboutonner son pantalon.

Elle regarda le couteau, luttant contre l'envie de l'attraper.

Mais elle savait qu'elle ne pouvait pas être aussi stupide; avec sa taille, l'homme allait dominer son petit corps d'un mètre et demi en quelques secondes. Pourtant, c'était tentant ... très tentant.

Son pantalon noir tomba au sol révélant une paire de boxers, également noirs, sur d'énormes cuisses musclées.

Son érection monta jusqu'à l'ourlet, gonflée et énorme.

Gina ravala le halètement qui s'échappa presque de sa bouche.

Comment pouvait-il intégrer tout cela?

La grosse bite était tendue contre le tissu serré de son short, impatiente de sortir.

Lorsque l'homme les abattit, la grosse tête violette tomba sur les joues de Gina.

Le membre épais et très veineux mesurait au moins cinq pouces de long.

Le tueur était un Adonis sexuel.

Il attrapa sa hanche avec la main toujours gantée et prit sa bite avec l'autre, la guidant vers les lèvres vaginales de Gina.

Quand elle sentit le sexe chaud et doux entre ses lèvres, Gina haleta.

Et quand il l'a poussé à l'intérieur, ses genoux ont presque fléchi.

Le pénis entra dans une profondeur audacieuse, palpitante d'excitation à l'intérieur de son vagin chaud et humide.

Il a frappé une zone à l'intérieur de Gina qui n'avait jamais été pénétrée auparavant, et son clitoris perfide a commencé à pomper d'excitation, de l'humidité se rassemblant sur ses lèvres et ses murs pour accueillir cette nouvelle arrivée passionnante.

L'homme a commencé à pousser, ses hanches fortes ont pu forcer la dureté des parois internes de Gina avec une vitesse extraordinaire.

C'était incroyable.

Elle agrippa le bord du comptoir de l'évier tandis qu'il continuait à pénétrer ses lèvres vaginales humides, ses couilles la frappant.

Il ôta l'autre gant et, avec ses mains douces étonnamment grandes, parcourut son dos et ouvrit son soutien-gorge.

Elle tomba sur le carrelage, libérant ses seins.

Maintenant, elle ne portait ses talons que lorsque l'énorme bête l'a frappée par derrière.

Gina le sentit reculer, sa chatte obtenant un instant de soulagement momentané.

Mais il ne fallut pas longtemps avant que son pénis ne soit à nouveau en elle, mais cette fois vers son cul.

L'énorme bite du tueur a pénétré les plis serrés de l'anus de Gina, lui envoyant une douleur aiguë qui l'a traversée.

Pendant un moment, il pensa qu'il ne serait pas capable de supporter la douleur, les muscles serrés pour éjecter cet objet étrange, mais ensuite ils se détendirent quand la douleur commença à se transformer en plaisir.

Gina avait déjà reçu des relations sexuelles anales, mais pas d'un phallus aussi gros que celui-ci.

Le plaisir qui la submergeait maintenant n'était pas comparable à tout ce qu'elle avait ressenti auparavant.

Elle devait se rappeler où elle était.

Dans la maison de John baisée par un homme qui venait de le tuer.

Le cadavre de John, mort et déjà un peu froid, gisait à quelques mètres de là dans l'autre pièce comme une effigie horrible de son ancien moi.

Gina savait qu'elle ne pourrait jamais effacer cette image de sa mémoire, peu importe combien elle la méprisait.

Et cela effacerait sa haine pour lui s'il pouvait revenir vivant et l'aider maintenant.

Mais il y a quelque chose d'étrange dans ce qui se passe lorsque vous faites face à une menace de mort et Gina en faisait l'expérience pour la première fois dans cette salle de bain dans laquelle elle était maintenant captive.

Un instinct prend le dessus, si primitif que vous ne vous sentez plus comme un instinct animal.

Et tu sais que tu feras tout pour survivre.

Chapitre IV

L'homme lui a martelé le cul avec des fentes furieuses, la salive coulant de sa bouche, son beau visage rougi et excité.

Les sons bas et gutturaux qu'il émettait avertirent Gina qu'elle était sur le point de venir.

Elle agrippa fermement le bord du comptoir.

Le bout de ses doigts est devenu blanc alors qu'il se tenait.

«Merde», grogna l'homme.

'Je vais courrir'.

Et il l'a fait, et un lourd soupir est sorti de sa bouche, il a fermé les yeux et baissé la tête en arrière ...

Et Gina en a profité.

Il laissa tomber le comptoir et attrapa le couteau.

D'un coup sec et énergique de son bras, il le plongea dans le cou de son agresseur.

Elle se leva et l'appuya contre le mur, les tuiles froides contre son dos trempé de sueur.

Les yeux écarquillés de peur et d'inquiétude, Gina vit l'homme se tenir dans une posture statique, s'étouffant alors que ses grands yeux la fixaient.

Le couteau dépassait de son cou épais et brillant, et du sang rouge foncé s'infiltra le long du col de son manteau noir.

Son sexe était toujours dressé, une traînée rougeoyante de sperme balançant de la pointe.

Ses yeux stupéfaits restèrent fixés sur ceux de Gina alors que sa bouche s'ouvrait et que du sang coulait sur sa lèvre inférieure.

Il réussit à gargouiller le mot «salope» avant de s'effondrer en arrière et de s'écraser contre la porte.

Gina le regarda un instant, sa poitrine se soulevant et tombant, avant de laisser échapper un rire fou. Son plan avait fonctionné.

Première fois. Elle l'avait vu dans le miroir fermer les yeux alors qu'il éjaculait, elle était donc ravie du fait qu'il avait rendu l'attaque tellement plus facile.

Elle attrapa ses vêtements et s'habilla rapidement, cette fois en remettant sa culotte.

Elle a attrapé son sac et a donné des coups de pied à son agresseur avec l'orteil pointu de son talon. Puis elle lui cracha au visage.

«C'est pour m'appeler une chienne, fils de pute!

Il repoussa son corps pour pouvoir ouvrir la porte.

L'arrière de son crâne frappa le tapis avec un bruit sourd alors qu'il ouvrait la porte.

Elle marcha sur la pointe des pieds sur le corps imbibé de sang et entra dans la chambre.

Elle regarda le corps de John sur le lit.

Du sang sur le sol.

Sang au lit.

La mort partout où il regardait.

C'était trop.

Gina sortit en courant de la pièce et descendit l'escalier en colimaçon aussi vite que ses talons pouvaient la porter, des triangles cramoisis tachant le sol au fur et à mesure.

Au bas de l'escalier, elle s'arrêta, essuya ses larmes et contrôla ses pensées.

Ce style de vie avait tout gâché pour elle.

Il l'avait rendue misérable et cynique avec les hommes.

Il avait réorganisé son moral.

Et ce gros bâtard mort était l'un des pires avec ses manières corrompues et ses fantasmes sordides.

Il était un modèle dans la société, mais il a répandu et infecté tout ce qu'il a touché avec ses manières corrompues.

Y compris elle.

Cela avait fait de lui quelque chose qu'elle n'était pas.

Et maintenant, il l'avait transformée en assassin.

Elle avait tué en état de légitime défense et la merde qui gisait dans une mare de son propre sang méritait tout ce qui lui était arrivé.

Mais elle savait qu'elle n'oublierait jamais.

Comment il l'avait maltraitée comme si elle n'était rien de plus qu'une sale pute, et comment son corps l'avait trahie en répondant avec plaisir au toucher de ses mains sales et meurtrières.

Combien de vies d'autres jeunes femmes ces deux femmes ont-elles dû ruiner?

Et combien souffraient encore ces filles?

Je ne vais plus souffrir, pensa Gina.

Il monta les escaliers et entra dans la chambre.

La vue des deux cadavres morts lui donna envie de vomir, mais elle ravala sa nausée avec un coude et s'approcha du lit.

Le visage de John était un masque d'horreur, sa bouche noire et ouverte comme un poisson, ses yeux figés de terreur.

Gina détourna les yeux et attrapa le bracelet en or autour de son poignet tronqué.

Il y avait un mince médaillon rectangulaire qui attachait la chaîne.

Elle l'ouvrit et lut le numéro à l'intérieur: 47689.

Répétant le numéro sur sa tête comme un mantra, elle referma le médaillon et fouilla dans son sac.

Il sortit un mouchoir et essuya les empreintes digitales du médaillon.

Il lança un dernier regard dédaigneux à John avant de se retourner et de courir en bas.

Elle courut dans le couloir jusqu'à ce qu'elle atteigne le bureau de John et ouvrit la porte.

Il parcourut la pièce jusqu'à ce que ses yeux tombent sur ce pour quoi il était venu.

Le coffre-fort de John.

Il s'était vanté de son contenu lors d'une des visites de Gina et elle avait demandé à savoir ce qu'il y avait à l'intérieur.

"Beaux bijoux", avait-il dit avec un sourire arrogant.

"Ça vaut plus que toute cette maison."

Puis il tapota la chaîne de son poignet et porta son doigt à ses lèvres. "Chut".

Gina se dirigea vers le coffre-fort sur le mur et composa la combinaison.

Le coffre-fort a cliqué indiquant qu'il pouvait être ouvert.

Elle ouvrit la porte en acier et regarda à l'intérieur.

Au sommet d'une pile d'enveloppes brunes se trouvait une boîte à bijoux rouge veloutée.

Gina sentit un nœud dans son estomac.

Elle l'a ouvert pour trouver le collier de diamants le plus incroyable qu'elle ait jamais vu, avec ses pierres magnifiquement travaillées étincelantes d'effet cinématographique.

"Ça vaut plus que toute cette maison," se murmura-t-elle.

Assez pour rembourser toutes vos dettes et plus encore.

Le cœur battant dans sa poitrine, elle referma le couvercle et mit la boîte à bijoux dans son sac.

Elle ferma ensuite le coffre-fort et frotta son mouchoir sur ses traces éventuelles.

Elle se précipita hors du bureau et descendit le couloir jusqu'à la porte d'entrée, vérifiant que ses talons n'avaient laissé aucune empreinte incriminante d'elle sur ses planches brillantes.

Pas le vôtre.

Elle a ouvert la porte de la maison.

L'air frais et doux frappa ses joues alors qu'elle entrait dans la nuit et le fardeau de la présence dans la maison glissa instantanément de ses épaules.

Libérée enfin, elle descendit l'allée en gravier et sauta dans sa voiture, jetant son sac sur le siège passager.

Elle laissa tomber sa tête sur le volant et laissa échapper un cri profond et guttural.

Épuisée et épuisée, elle fouilla dans son sac et sortit son téléphone.

Elle a composé le 911.

"Police, s'il te plaît, je viens de tuer un homme."

FIN

www.ingramcontent.com/pod-product-compliance
Lightning Source LLC
Chambersburg PA
CBHW021755150726
47989CB00004B/1679